現代・北陸歌人選集

敷田千枝子歌集

えぷろんの歌

写真／敷田志郎

目次

二〇〇五年〜二〇〇六年
すかんぽ　12
あしたば　14
平和行進　16
初若布　18
椎の実　20
都留先生　21
研修会　23
くぎ煮　25
ヒグマの子　26
二〇〇七年〜二〇〇八年
サンショウウオ　30
大根ひく　33
百日のお祓ひ　34
ハルピンの春　37

礼文島　38
ビルの更地　41
かぐや　43
カレンダー　44
浦じまふ　46
六甲の土　47
麦屋弥生さん　49
辻占　51
おろし林檎　54
亜炭　55
江田島　58

二〇〇九年〜二〇一〇年

圧力鍋　62
反戦集会　63
ドールシープ　65

戦あらすな 66
長崎 68
弘法の水 70
味噌豆 72
オレンジピール 75
無言館 77
串茶屋 80
風が頷く 81
聴力 84
上高地 85
桃色月見草 87
糠袋 89
普天間 90
命ありて 92
太陽光発電 93
特任官 95

二〇一一年〜二〇一二年

海草うどん　98
黄金バット　100
コミュニティーバス　102
フクシマ　103
祝い餞別　105
シオカラトンボ　108
神事　110
コスモス　112
九条　114
浜風　116
骨折　118

二〇一三年・二〇一四年・二〇一五年

枇杷の花　122
麦粉　124
選挙　126

母の部屋　127
小菊束ねて　130
竹藪　132
糸すすき　134
征くのは誰ぞ　136
御嶽　137
鹿肉　138

あとがき　142

敷田千枝子歌集 ● えぷろんの歌

二〇〇五年～二〇〇六年

ムスカリ

すかんぽ

ガードレール超ゆるばかりにすかんぽの群れて咲きをり夕かげの中

春の柔毛ひとひら有刺鉄線に残して猫はいづこへ行けり

山藤の咲く下道を歩みつつ国思ふこころ不意にわき出づ

変はらざる内実抱きわが町の合併進む鳴り物入りに

夏草のにほひ斜面に充ち充ちて九谷窯跡訪ふ人もなし

窯跡は錆びたる鎖に閉ざされて石碑の文字の摩耗はなはだし

河鹿鳴く渓流に沿ひ歩み入る君の背に夏至の木漏れ日とどく

野蕗炊く生醤油の香にキッチンを独り占めして吾は古妻

玩具めく赤き電車の走りゆく青柳町を歩む親しさ

寺に入る我らを制し掲示板の「拈《ねん》華《げ》微《び》笑《しょう》」を君説きたまふ

今日よりは遺作となりし君が扁額「長閑日々」とあるに向きあふ

あしたば

海風に靡く雄島のあしたばの艶めくみどりに親しみて寄る

青湿る笏谷石の参道に落つる椿のくれなゐぞ濃き

夏草の中に残れる飯場棟工事終はりて人影のなし

二人乗りして楽しげな少年の自転車過ぎるポプラ秋色

とどまらぬ饒舌に群れる少女らの声甘やかなプラットホーム

予算にて動く行政かボランティアのわれら行動制限受けぬ

玉乗りのピエロが失敗繰り返し笑ひを誘ふじんたの中に

文蔵が江戸につくりしまんじゅうが加賀街道に甦りたり

平和行進

一面に紫蘇の葉しげる村過《よぎ》り平和行進の旗掲げゆく

孫と行く憲法集会ひとの渦に昂ぶりて謳《うた》ふ非戦の歌を

「戦争をしません、武器を持ちません」会場にこもる熱き歌声

核兵器廃絶訴ふのぼり肩に君ゆけば吾もしりへを進む

いにしへのドラマは幾百人の死を映像の中に語りて尽きぬ

陽だまりに客を待ちゐる運転手餌を投げてをり寄り来る鳩に

父祖よりの賜りものの休耕地秋くれば秋の草を刈るなり

初若布

素潜りに君が採りたる初若布みどり滴り潮の香匂ふ

高速道路過ぎる車は春昼の発光体となりて去りゆく

ビル街の濁れる空に泳げざる真鯉緋鯉が連なりて垂る

噴水の水もちあぐるその力ベンチに沈むわれを支ふる

枯れ葉道深きまなざしに去りてゆくアリダ・バリの訃われ古稀迎ふ

枝先のモリアオガエルの孵化を待つ樹下の水中にアカハラの群

梁低き小屋に灯しつつ刻かけて楮《こうぞ》煮る人暗き背をもつ

検査法確立されて骨密度のパーセントわが脅威となれり

椎の実

熱燗の肴にせんと鉄鍋に椎の実を煎る音たてながら

丘の上の白き校舎の運動会たのしき楽と共に始まる

夕食に満足をして湯浴みして果てし老いとぞ果報と言はめ

実らざる柚子の若木を労りて菰被すなり霜降らぬ間に

貌丸く腹膨らむは雌なりと遡上の鮭を人は指さす

綿菓子も大学芋も売られをりわが尋ねし村今日秋祭り

都留先生

都留先生慕ひて大学選びしとふ夫の回顧に耳傾ける

毀たれしビルの跡地に積もりたる雪に銀色の月光翳る

冬川の重き流れに降り沈むをやみなき雪ただ霏々として

雪積もるわが町に灯のともり初め坂より見れば遠き町のごと

松の内の医院に人らあふれ待つその中に母と吾も待つなり

おのずから瞼は開き両の腕自在にゆるぶ目覚め貴し

ひややかな手ざわりに割る寒卵椀にもつつり黄身盛り上がる

生産の決まりし「春暁ガス田」が茫とけむれる春の海中

研修会

研修会漸く終へてきしめんも味噌カツもよし名古屋の夜は

三交替活気帯びると工員は兵器を造る作業を言はず

目の前の土の面を盛り上げて不敵なるかな春の土竜は

中国産スナップエンドウいちはやく春のスーパーの棚を彩る

いささかの不安抱きて初めての町を歩めば信号多し

電車にて微睡みし間に降りたるや雨は夜の町つつみて暗し

昂ぶりて円空仏にまみゆれば瞑りて静なる微笑みぬくし

大過なく冬を過ごしし老い母とほころび初める梅園をゆく

くぎ煮

口中に今年の春の味満つる友が丹精のくぎ煮含めば

飯粒に接ぎし明治の桐箪笥虫喰ひてをりその継目より

山裾の白く削られし一画に春の日そそぐ義兄の新墓地

桜前線北へ北へと上る今日水俣病認定五十年と知る

衆目の好奇の眼に見つめられ新種の青き薔薇飾られぬ

息のみて見入る牡丹の花芯より熊蜂出で来ぬ光ひきつつ

白牡丹一華崩るるさまを見て真昼音なき百花園出ぬ

お祭りの火に晒されてミドリガメ一つ梯子を争ひ登る

ヒグマの子

水しぶきあげて浅瀬に魚を追ふヒグマの子その母に先立ち

色づきしトマト選びて喰ひ荒らすその狼藉はカラスの仕業

またひとつ絶滅危惧種に加えらる北極熊に氷塊迫る

新盆の人出に賑はふ市場前カジキマグロの解体も見ゆ

破れたる君の登山靴丁寧に戸口に乾してこの夏終る

うつうつと揺れる電車に眠りたり一人の旅の心安さに

風寒き三宅の島に四年経てガスマスク持ち島人帰る

暫くの不在メールに告ぐるのみ君はチベットへ今朝立ち行けり

遠かすむ瀬戸に鬼が島教はりし宇高連絡船上の春

二〇〇七年〜二〇〇八年

ツルニチニチソウ

サンショウウオ

十余年水槽の底に捕はれのサンショウウオの背乾くことなし

しんとしてヒエログリフの文字白し資料館に秋しのび入る

表情の柔和になりて感情の起伏乏しくなりし老い母

夕風のたつ頃合ひか油蟬鎮まりつくつく法師なき出づ

秋空の視界突然遮られ電車は長き隧道に入る

己が手に物つかむこと知りそめしをさなは赤き玩具はなさず

己が力にて寝返りを覚えたる四ヶ月児の眼くるりくるりん

かりそめの人ら好みの花苗を選りつつやさしき言葉かけあふ

弁明は黙し聞くのみおほかたは饒舌にしてまこと少なし

耐へること誰に強ひられし苦行にもあらずみづからの選択として

詠ひつつ癒やさるる日々か哀憐の歌は柳の新芽に託す

新築の老人ホームに灯の点り入居者すべて決まりし噂

几帳面な男仕立ての夏喪服テーラー君の遺作となれり

日照雨やみ雲あし速き秋空の明るむところ大き虹たつ

大根ひく

はだら雪踏みしめ残る大根ひく山背弱まる頃合ひ計り

針を持つひとときありて七十の身を小春日の縁に安らふ

癒えし身に春耕の鍬音かろし犬のふぐりの花散らしつつ

廻れ右せよ罠ありとわが庭の土竜に声かけ土竜とり仕掛ける

異国にて撃たれるために育てしにあらずその母の哀しみに添ふ

えのころの枯れし細葉に縋りつつ秋の蟷螂日だまりの中

憎みても悔やみてもすでに暴走を始めしや君の癌細胞は

百日のお祓ひ

神殿の冷気に包まれ百日のお祓ひの幣を受くるみどり児

この国の進路いくばく変はらんや組閣のニュース報じられても

わが好むものにあらずも子羊の肉やはらかし白磁の皿に

台風の余波に里山さわだちて雑木ことごとく葉裏を返す

粘剤液掬ひて和紙を漉く技を寒の日の今日見学したり

暮れはやき師走の街に土を掘る男らの背に忍び寄る闇

山裾の日陰に繁る青笹の夜来の雨に濡れて雫す

前菜に零余子《むかご》一品添へられし民宿の夜の地酒ぬくとし

晴れわたる冬空に浮かぶ白山をおろがむこころ老いていや増す

戦場の狂気を知らぬ人々が操るらしも戦争支援

差別なく老若男女殺戮しイラクに四たびの春めぐりくる

ハルピンの春

桜咲きハルピンに春のきたること短きメールに君は告げくる

信仰に命捧げし島原人四百年経て福者となれり

骨粗鬆おそるる吾にじやこ食べよミルクを飲めと医師繰り返す

陶物の蟇蛙陽に温みゐて五月のパティオ真昼静けし

房重く垂るる藤棚熊蜂は次々にきて花にまぎるる

若狭へと一輌電車にゆられつつ新緑の登美子記念館訪ぬ

水張田の続く若狭路里山の木原のみどり一様ならず

礼文島

天候が不順と聞きてセーターを一枚加ふ礼文島への旅

雲のかたち何に似るなど他愛なき会話を交はすローカル電車

北に向き一途に走る電車なり踏切あれば汽笛鳴らしつつ

人の通はぬ山路暗ければ蜘蛛の糸払ひつつ行く君に従ふ

北を指す旅人われらの胃袋を満たすはホッケにイクラ、海胆など

水中を出でしペンギンの白き腹水をはじきて膨らむを見つ

この檻に生れしライオン人間を怖れず眠るしどけなきさまに

梅雨の日を疎むや老いたる虎一匹腹部たるませ檻を行き来す

しなやかなうなじ伸ばしてフラミンゴ天を仰ぎて翔ぶこともなし

高きより眼涼しくわれを見る麒麟の哀しみ思ひつつ歩む

ずつしりと鎧をつけたるかのやうな一角犀はむつつり立ちぬ

鮮やかな泳ぎを見せてシロクマは濁れる水よりゆつくり上がる

ビルの更地

在りし日の威容たちきぬ氷雨降るのつぺらぼうのビルの更地に

残暑なほ鎮まらぬ街に繰り返す組閣のニュース夜半に及ぶ

国の舵とり来し人等軽々に辞職のニュース流るる暑き夜

待ち時間二時間超えれば長椅子に仏頂面の人ふえゆくも

短きも長きもありて隧道の多き上越線今日は雨降る

頭を垂れて謙信公を拝みをれば秋の社の蚊に刺されたり

七十のわれ渾身の力にて段ボール解体する埃りたてつつ

島陰も小舟も動かぬ平らなる近江の湖に光あまねし

去る者を追はず新しく生きんかなドラマの中の女のやうに

かぐや

音声を伴はざるも「かぐや」より青き地球は闇に美々しき

うるし椀に丸餅芹のすまし汁加賀仕立て雑煮の香りよろしも

孫十人ひまご四人に囲まれて九十二歳の母に春くる

鈍色の空にひろがる冬木々の梢に芽吹くたしかなるもの

謎めける暗き裏面を晒されし月皓々と秋天にあり

戦争に貧困病気満載の星と思へず青く輝く

拉致と言ひ残留孤児とふおぞましき言葉に慣れし平和日本

カレンダー

善し悪しの多少はあれど恙《つつが》無き十二ヶ月なりカレンダーおろす

過去未来おぼろおぼろに朝床のしばしの夢想雪降り積もる

狂ひたる海神すさまじ白濁の高波は沖の灯台覆ふ

新年を言祝ぎ合ひし雪山に果てたるも命拾ひしもあり

初場所の賑はひの中四股名もつ若き力士の死を悼む声

黙々と惨たる広場に何拾ふ自爆テロありし画面の男

浦じまふ

男ふたり行方知れざる春の海今日浦じまふ波静かなり

肝炎の原告患者女性のみインタビュー受け涙ぐみをり

洗髪の最中に倒れし友ありて老いづくわれら他人事ならず

月、木は生ごみ火曜は不燃物夫に告げやる留守居のノウハウ

死への道程余すところなく演じ終へアクター去りぬ背をむけしまま

六甲の土

六甲の土つけしまま初掘りの君の馬鈴薯今日届きたり

夢に見る桜美しかりしこと告げて程なし夫の寝息

次々と処理すべきことの多くして早春の日々過ぎゆき速し

音のなき雨に濡れつつ散りがての並木の桜遠く続けり

特製のたれ付き日本産鰻重すらウナギ嫌ひはただぢただぢとなる

花の散る聖興寺訪ひ交々に棟方志功の梵鐘を見き

ミャンマーの水害に四川省の地震老いたる母には告げざる春昼

確かなる言葉を発し水を欲るうれしかりけり母のよみがえり

向田のエドヒガン桜みづみづと拡ごる青田に花蔭映す

再来を約し暇を告げたれば帰路の安全を母繰り返す

麦屋弥生さん

「方言も観光資源」と言ひきりし麦屋弥生さん土石流に死す

メールにて花舗の店頭写しくるる子のアイディアのたのし母の日

背けざる命に従ひ殺めしと輜重兵君の語る戦場

語り部となりて夏休みの児童らに戦時の苦しみ確と伝へむ

大き骨は先生小さきは生徒らと夏の図書館にヒロシマ語る

山峡に白亜の偉容誇るがにロボット工場さみどりの中

紫陽花の花道歩み蓮池をよぎりて義父母の墓地へと進む

海風の吹く低き丘わが行けばけぶるがごとく合歓の花咲く

散骨を望む方針に変はりなし今日の終りに一行記す

辻占

心機一転がんばり促す辻占のうす紙、日記にはさむ元日

テイルームの陽だまりのなか患者らは病に触れず談笑しをり

日数旧れば姓名しかと記されしリストバンドも腕に馴染みぬ

赫《かく》と射す夏の日差しを身に浴びて一呼吸して病院を出ぬ

戦乱の祖国憂ひつつ北京にて技を競ひて結ばれしとぞ

エスカレーターのわれを追ひ越す長身のさはやかなりその軽き足どり

豚草に混じれる芒の白き道ランドセルの子ら駆けてゆく

相向かふ炬燵にたまゆら手触れしを五十年経し今宵言ひ出づ

「里帰りうなぎ」と聞けば親しみの増すやうな輸入鰻の偽名

再見を言ふは易けし再見の難きをかみしめ人は手を振る

おろし林檎

おろし林檎刻一刻と変色す何に犯されゆく色ならん

しんしんと雪降る宵を手に痛き清水もてレタスを洗ひ浄むる

縦に切り横に刻めり玉葱は仕舞ひおくわれの涙を誘ふ

人参の朱蕪の白盛り上ぐるガラス鉢の透明の中

囓りたる林檎につきしくきやかな歯形に若き私が見ゆる

亜炭

賑はひは茫たり真昼海風は亜炭採掘せし山を吹く

安全帽被りし人ら地の底に亜炭掘りをり騒音の中

春泥にゴム長の跡点々とスタンプのごと工事場に見ゆ

咲き残る山茶花をなほ貪れる鵯くれなゐを嘴に散らして

ドクダミの十字の花を憎むほど平常心を失ひにけり

鎮めかねる心に摘めば山椒の香は指先をキシキシと刺す

わが怒り鎮めかねる日々岩陰のホウチャクソウも枯れてしまひぬ

初産の吾に卵を十個持ち見舞ひくれたる人も逝きたり

ブラウスになりし白絣のシャリ感を初夏の風が運びくれたり

空豆のやうにはじける身軽さを明日の私は持てるだろうか

筆のあとしみじみと見ぬ亡き君の便りはらりと歌集より落ち

心根のやさしき人の詠みし歌常に優しく心にしみぬ

そこはかとなく紅さして新涼の朝の化粧は短く終へぬ

江田島

バケツにて海水運び塩田に塩をつくりし江田島の夏

房なりのキンカントマトをもぎながら空襲なければ畑に遊びぬ

三日ぶりに壕をいでれば蝉時雨一斉なりき夏空碧し

棒杭の低きに布きれ靡く中トラックにて行く焼跡果てず

ヒロシマの焦土を行けば燻りのそこにもここにも尽きぬけぶりが

国破れ山河乾ける夏の日のヒロシマを去りぬ追はれるごとく

飼ひてゐし兎にはとりを食料に引き揚げ列車を乗り継ぎて来し

米原の駅のホームに焚き火囲み一夜過ごしき貨車を降ろされ

イラクにて死にたる人らをおほよその数にて括るアナウンサーは

政争に耳目奪はれしこの秋は芒ひと折すら飾るなく

洞窟の尽くるところに棚ありて薬瓶の欠片のこりてゐたり

あたらしき道拓けたりと学問への抱負を語る孫の進学

桃の花咲く斑鳩を思へとやものみな末枯るる里に佇む

二〇〇九年〜二〇一〇年

アマリリス

圧力鍋

使ひ慣れし圧力鍋が手に重くなりしは七十過ぎし頃より

戯れにマンゴーの種埋めおきし鉢より緑の細き芽立ちぬ

地下街の水場に変はらぬ位置占めて陶物の鯉水に打たるる

閉店に間のある地下街汚れたる白犬尾を垂り階昇りゆく

冬川に映る鉄橋の錆び著し流れに紛れ刻の間消ゆる

秋川の流れにまかせ糸乗るる人ら孤独も楽しみをらむ

反戦集会

犀川の流れ聞きつつ反戦の集会目差し足を速めぬ

秋天より音生るるがにはばからず銀杏散るなり光を反らし

電飾のコード幾重にも巻かれたる並木のけやき真昼みにくし

濁流の運びし土砂が川底に積まれしままに師走に入りぬ

失語症の妻と暮らす人の饒舌を夫はさかづき重ねつつ聞く

大通り真昼車も人もなくがらんどうなりシャッター街は

家のぐるりにスモーキングを楽しめる男らを蛍族と呼ぶらし

ドールシープ

闘ひを角にかけたるドールシープ己が産みし子嘗めてはぐくむ

里近くしのび来たれるアカリスの丸き黒目は人の子に似る

砂山を作りて崩すを繰り返す光の中のひとりの幼児

枇杷の花散るや散らずや一隅にひそかなる香を保つ冬日

山茶花のくれなゐ甘いか酸つぱいか鵯やすみなく啄み去れり

いとけなきふぐりゆらしつつ足延ばす産湯の赤子に戦あらすな

戦あらすな

三月の光ぬくとしみどりごはクリーム色の毛布にねむる

歩みつつ冬野きたればやはらかき光の中に芽吹くもの見ゆ

先をゆく光の中の逃げ水を追ひつつ春のハンドル軽し

若きらよ苦楽はやがて凡に満つる日常とならん恐れず歩め

花の命一樹を満たしたわわなる朝ざくら匂ふ真澄の空に

十ばかりアルミ貨沈む寺の池に魚棲まざれば水面鎮もる

黒パンが液となるまで咀嚼なしし俘虜の日々あり卒寿の君に

つちふれる今日沈みゆく日輪の黄濁しかと心に刻む

長崎

「四海楼」に茂吉の詠める歌ありて手帳に記す長崎の夜

古希すぎて耳新しき言葉きく「パンデミック」「フェイズ6」

誰も彼も夕べの駅に護符のごと白きマスクをして急ぎゆく

核弾頭二万個積みて自転する青き地球に初夏の風

二夜さをよか景色見てチャンポンを味はひ平和の像に祈りき

尋ねたるツュンベリーの碑は白く曝れ文字おぼろなれど形確かなり

ファットマンの実物模型は異様なる膨らみを持つ資料館の隅

十一時二分を指して振り子垂れ被爆の時計は魔の刻きざむ

死せる弟背に火をにらむ長崎の写真の少年などか忘るな

きのこ雲の写真の前より動かざる修学旅行の子らの集団

見学の人ひきもきらぬ如己堂の変色しるき畳は語る

弘法の水

「弘法の水」とて濁りなきを言ひペットボトル五本子は持ち帰る

国会の解散に議員総立ちに万歳唱ふる悪しき慣はし

再びは仰ぐことなき皆既日食のテレビ画面を繰り返し見ぬ

患者らの帰りし廊を掃除婦は棒雑巾もて行きつ戻りつ

水郷の菖蒲の彩はまむらさき空うつし雲うつし人らを招く

『複眼の世界』をついに書き上げしわが師を祝ひ今日集ひたり

荒草を刈りつつをれば山鳩のこゑ父母の声思はしむ

夕星の出づる頃ほひ川岸の地擦柳《ジズリヤナギ》は風に吹かるる

身ぎれいを第一に生きる独りもの君は小粋に赤きマフラー

怯えつつ待ちし台風の予報外れ夕どき街に静けさ戻る

味噌豆

味噌豆を煮る湯気の中豆の香の満ちて春たつ今日のキッチン

鰤起こしはた雪雷とも人呼ばふあらたな恵み受くる予感に

北ぐにの冬豊かなり卓上の大皿に盛る鰤の赤身を

手に荒き冬の水もて新巻のあら塩を流す腹の中さぐり

ざくりざく源助大根輪切りにしいざ漬け込まむ大根寿司を

交わしたる言葉のいくつ修正をしたき思ひに青葱刻む

寒の水に二日二晩たつぷりと浸せる味噌豆丸くふくるる

味噌豆を煮る大鍋こそキッチンの棚の一隅占める古顔

しろきものは清浄なるかな分量の粗塩麹混ぜつつ思ふ

平和なれば豊かならねど味噌つくる至福の時はしんしん更ける

オレンジピール

陶の鍋にオレンジピール煮詰めつつイラクの女《ひと》の厨を思ふ

大聖寺駅のホームに春くれば梁の古巣に燕かえり来

携帯電話忘れたる今日は糸の切れし凧さながらの自由と不安

徒歩十分車は五分看板の曙団地バラ色の夢

信号を束の間停めて杖の人己の歩みに歩道を渡る

雪吊りの縄目乾びて風光る春遠からじ一月尽は

新入生に語る言葉を選びつつ非戦の歌を集約すなり

年明けの賑はふ街はイラク派遣反対の声どこにもあらず

火の星に水ありしとふしかあれど人住まざれば戦なき星

みぎひだり偽装建築ひそむよなビル林立する東京に着く

新名所戦艦大和のロケセット暗き巨体は海に座を占む

草木はおろか花など無に等しき戦の国の常なる映像

無言館

無言館へ一歩一歩のアプローチ靴底踏みしめ心鎮めて

渓流の滾《たぎ》つ音をば打ち消して電車は轟と鉄橋渡る

菜の花をひとむら残し暮れゆける黒姫平の黒き畑土

濃淡のきはやかにみゆる里山のみどりの中の山桜花

木道を行き交ふ人の多ければ処々が傷みて土の顕はる

天空を洩れくる光に動かざる油彩の少女がほのか微笑む

若者は戦地に駆られ還らざり恋人の裸像画布に刻みて

キャプションは学徒出陣に触れしのち戦死の年月不明と記す

平和への希求を刻める一枚の油彩の「霜子」は一糸まとはず

傷ついた画布のドームに身をおきて戦争を憎む真底憎む

ざわざわと入りこし一団大方を眺めて短く無言館を去る

串茶屋

心中の遊女の名もあり串茶屋の墓群を過ぎるしろき夏風

早朝の御堂に並び経を誦す人ら北向観音慕ひ

早咲きの水仙の花に囲まれし礎石欠けたる夫婦道祖神

背後より不敵な気配漂はす現の阿修羅を人ら仰ぎ見る

よどみなき日本語にて父母に謝辞述べ清しモンゴル力士

享年の何れも若き墓碑銘のうすれし遊女の墓群巡る

風が頷く

椎の木が今まで耐へてきた時間を風が頷く葉をそよがせて

存分にわが血を吸ひし夜の蚊は身重く闇に沈みゆきしか

レモンの木巡り巡りて揚羽蝶新芽の葉裏に卵を産みぬ

雑念を祓ひ素直に物言へと秋明菊がほつこり咲きぬ

つくつくぼうし晩夏の私をせきたつる忘れし約束なさねばならぬ

営巣は夜の間になされしや蜘蛛の銀糸はしなやかに揺らゆ

朝露に裾ぬらしつつ白花をほろほろこぼし豌豆を摘む

大河の中州に呆けし芒群その葉に隠れて鷺羽繕ふ

コンクリートの倉庫を囲む泡立草の靡きはなやぐ十月尽は

なんじやもんじや咲く里山を指差してガイドは話す謂はれも交へ

しろじろと藪人参の咲く堤少年ら競ひ自転車に過ぐ

守るべき平和の脆さを合宿の子らに説きつつ明日を託しぬ

聴力

聴力に左右の違ひあることを七十過ぎたる今日納得す

無人駅の駅舎の向かふ廃線のレール赤錆び低く積まれぬ

白菜の芯に青虫丸まりて運ばれてきぬふるさと便は

キッチンのスケール微妙に狂ふとき長く使ひこし歳月思ふ

風やみて光あまねし里山の冬の稲田に鴨ら寄りくる

ひゆるひゆると笛吹くやうに冬の真夜虎落笛鳴る再三再四

祝ごとの膳を彩る大鯛の口一文字に胸びれ立てて

上高地

噴かざれば温和な姿焼岳の頂きは天にむきて鎮もる

瀬を早み青き流れは橋桁に砕けて過ぎぬ音を立てつつ

梓川の流れに添ひて木漏れ日の注ぐ林道を語りつつ歩む

誰が架けし倒木ならん沢つなぐその橋を渡り人ら登りぬ

噴火にて森焼け崩れ流木は重なり合ひて川辺に迫る

さみどりの春の深山にふかぶかとわが吐く息は太古に通ず

梓川の岸辺に降りて手に掬ふ光と共に流るる水を

山頂に孤高の姿示し立つ父なるごとき鉄塔一基

桃色月見草

蘇る記憶あれかし横たはる人に桃色月見草かざす

落選者表情固く声下げて不徳を詫びぬフラッシュの中

ウーマンズルームに衣服改めぬ知る人なければ誰もが無言

骨密度計る足裏にもつたりと冷たきゼリーをたつぷり塗らる

神妙に体脂肪を測られぬ光を放つ機器に任せて

待つことは常に不安を伴ひてレントゲン室の前に俯く

麻酔より醒めたる人ら平衡を保ちつつ歩む手をとられつつ

糠袋

木造の校舎の廊下を糠袋もて磨き艶を競ひしことも

ララ物資とて食したるピーナッツクリームの不思議な味を今も忘れず

新円の切り替へひとり三百円うろたふるはなし小耳に挟む

高等師範に入学せしが変はりたる教育制度はわが夢奪ふ

軍歌唱ひ挙手の礼などしてゐしが食の細りしまま君は逝く

普天間

普天間普天間わが知らぬ地に人は生き苦しみ続く時移りつつ

さみだれの木下闇さへ少年の隈なきひとみは光を反す

五月雨に行きかふ車はぬれそぼち水惑星をすべるがに去る

拿捕されし蟹籠漁船の帰り待つ母港は淡き夕光の中

君と持つ測量テープは秋風に揺れつつ光る野草にも触れ

一枚をまた一枚が繰られゆく被爆者名簿に初夏の風

老衰のデカの遺影に好物のおからと青草夏も終りぬ

負けて納得ふたたび挑む土俵上まづ一勝を刻む横綱

横須賀に動かぬジョージワシントン今年の秋風ほしいまま受け

命ありて

命ありて一語一語を訥々と振り返り語る三人の漁師

連絡を絶ちし漁船が荒海に赤き船底見せて浮く見ゆ

さかしまの船中に生きて九十時間フラッシュに立つ男三人

生還の父の両腕にしがみつき女童ふたりただ泣きじやくる

映像にて知るのみなれど胸痛む三人は生きて四人はいずこ

太陽光発電

設計士、瓦屋、電氣屋集ひ来て太陽光発電今日完成す

耳とほき吾にかすかな軽蔑をふとも見せたり夕べ夫は

会話なきひと日もよけれ各々が思索に耽る時を得たれば

戦中派吾の意固地は良き妻を演じ切ること春夏秋冬

鯖寿司は得意のレシピ鮮度よく胴太き鯖あればすなはち

夕暮れのメナムの風に癒やされつつ鯉の丸揚げ味はひしこと

存分に夏の陽を受け屋根に並ぶソーラモジュール輝くばかり

発電量逐一示すモニターにしばしば見入る老いのたのしみ

特任官

技術もつ父は特任官として徴用されぬ昭和十六年

海軍に在りし日の父の経歴を調べ始めん今あらためて

兵舎にて豚を飼育し蛋白源としたる父の発案兵ら喜ぶ

敗北を予知せる父を諫めゐし夕どきの若き母思ひ出づ

呉海軍建築部につとめゐし父は戦後を寡黙に生きぬ

濁りなき声に平和を訴ふる子供代表の真摯な言葉

二〇一一年～二〇一二年

ホタルブクロ

海草うどん

ムートンを敷きて羽毛にくるまりて原始のやうな私の臥所

目覚ましを使ふことなき我なれば障子の明りで刻を計りぬ

屋移りもなく住み慣れしわが住まひ漆天井の艶ふかまれり

明けぬれば神無月なり障子より漏れ来る光おとろふ兆し

遠き日の神無月こそ父母と共に江田島を引き揚げて来し

ふるさとは小路幾曲がり木犀の匂ふ穏やかな町並みなりき

しかすがに食糧難の時代なり海草うどんを列なして受く

転入せし小学校の校庭に三宅雪嶺の碑のありしこと

教科書に墨を塗るなど先生も生徒も試行錯誤の日々が

給食のトマトジュースがバケツにて運ばれ生徒ら歓声あげぬ

太陽燈に裸身を預け肝油のむ弱組児童われそのひとり

配給の布地もて母が縫ひくれしブラウスどの子も同じ柄着て

くじ引きのゴム製淺靴手にしたる十歳の吾は意気揚々と

黄金バット

「黄金バット」自転車に積み夕暮れの路地去りゆける紙芝居屋さん

黄金バット鞍馬天狗らヒーローは不滅なり明日への夢を託して

ポケットにメンコをつめて得意なりし餓鬼大将君いづこに老いる

縄跳びのいち抜ける技すぐれゐし天然パーマの少女もゐたり

コミュニティーバス

霰降るビルの谷間にコミュニティーバス「すまいる」の到着を待つ

待ち時間三十分あり灯り初むビル見上げつつ人影を追ふ

ひとりまたふたり四方より現はれて薄暮のバス停人の輪生ず

到着のバスを目指して着ぶくれの人ら競ひて一塊りに

訛強き越前弁にて遠慮なくやり取りをする後部の座席

フクシマ

空暗み雷頻りなるこの夕べ厨に思ふフクシマの冬

大津波が人、街攫う瞬間をテレビは示すリアルタイムに

倒壊の家屋の上にワゴン車が、横転、船は陸に逆しま

「じさま嫁つこ流されわかんねえ」と泣く男がひとり瓦礫の中に

涙のごひのごひつつ子を呼ぶ老夫婦傾く洞となりし役所に

義援金は日赤毛布は市役所にささやかなれど気のせくままに

口中の泥を拭ひて女童を葬りし母の記事も読むなり

おむすびを惜しいただきて隣人と分け合ふ避難所の映像を見つ

還り来る燕の憩ふ軒ひとつなき大地震の町並無残

祝い餞別

玄孫にも祝ひ餞別与えをり九十五歳の母のプライド

空白のストレッチャーが窓の辺に小春の日差しと共に安らふ

ハルニレの新芽うまいか三匹の猿それぞれの枝に貪る

均されし建物あとに草ぐさの丈はやのびて黄の花掲ぐ

襟足に吸ひ付く藪蚊払ひつつ茗荷を探す細葉かき分け

怠惰なる夏の弱りにかこつけて外出せざり昨日も今日も

ねんごろに白粥咀嚼し卵豆腐緩やかに噛む朝食の母

携へし地雷と共に八歳の少女消ゆとふ熱き大地に

フクシマの桃ではないと福島の人より給ふ今年の白桃

かそかなる音に数値を明示して胃瘻の人に添ふ医療機器

人として尊厳保ちホスピスに歌詠む日日を君は選びき

気付かざる起伏ありしを懐かしむ歳月の流れ顧みるとき

グライダーが低空飛行し麦畑に農薬まきをり梅雨の晴れ間を

シオカラトンボ

水色のシオカラトンボの急降下涼風すぎたるやうな一瞬

押し寄せる老若男女すさまじくナイルの沃土に民衆の声

目の大きプルカの女が拳あげ群衆の中一途に叫ぶ

もののふが命をかけて護りゐし関所とふここ宗寿寺の門

耳慣れぬラ・ニーニャ現象わが里に雪降らすなり昨日また今日

通勤の電車にマスクの人多くつれづれに数ふマスク美人を

鉄鍋に銀杏を煎るかろき音くりやに今年の秋は来にけり

水瓶に枯蟷螂は平らにて風吹けば風にたゆたふしばし

スクラムを組み唱和するチリ国歌映像なれど涙ぐましも

農薬を使はぬと決め青虫の好きに委せて育ちし大根

神事

村人ら夜ごとつどひて新藁の大蛇を編めり豊年祝ひ

青年ら勇者となりて竹を割るごんがん神事は大蛇征伐

悪を懲らし弱きを助く江沼《えぬ》の地に伝はる神事われら守らな

術前の重圧に耐へて君の書く自伝雪積む夜は遅々として

屋根を打つ霰に覚めて雪国を出でざる吾の一生を思ふ

雪雷の重き響きにもの思ひもの思ひつつ眠りし昨夜は

糖衣錠三粒難なく呑み終へて九十六の母大あくびす

年明けの電話の声が終となり立春を待たず友は逝きたり

もつたりと動かぬ湖にねむりつつ季を待つらし春鴨千余

コスモス

雨風に倒れしコスモス起こしやる身にふりかかる雨滴花びら

軽快にワルツが流れリハビリが今し始まる雪の日今日も

名も知らず互ひの不自由のみ知れる顔見知り幾人《たり》訓練室に

病歴を託ち合ひつつ横たはる互ひの湿布処置終はるまで

完熟に間のあるトマトを取り急ぐカラスに先に食べられぬため

瞑りたるまま粥すする母の喉見つつ次なるひと匙はこぶ

爆音がまづとどろきてファントムが直線に過ぎる五月の空を

新富町に信号待てば魚を焼く匂ひ親しも富山の街は

九条

九条を守るべきはた守るべしとの歌声ホール割れんばかりに

思はざる葉書一枚高齢者運転講習の呼び出しを受く

免許取得より半世紀女性ドライバー珍しかりし昭和三十年代

ジープにて水着の子ら乗せ橋立の浜まで走りし若き日のあり

身障の母いますれば車椅子運搬仕様車を今日も走らす

愛し名のアンネフランクの名をもらひ八重咲きのバラこの地に咲けり

喜寿近き女が五人静脈瘤見せ合ふ同窓会の夜の更け

世論なべて穏やかならぬ中にして沖縄の日の式典ありて

浜風

放たれしトキ新緑の森を指しはばたきゆけり白き点となり

一面の西洋タンポポゆれてゆれて風去りたればすつくりと立つ

機械にて西洋タンポポ刈られたりこぼれし種は土にかへりて

「感動・勇気・笑顔届ける」と選手宣誓甲子園球場破れんばかりに

東北のチームをひたすら応援の判官びいきに徹する今年

浜風は右に左に自在なり大きフライの行方定まらず

スタンドのチアガールの向日葵がカラフルに回る平和なればこそ

汗拭ひ勝者を称ふる敗者の弁謙虚なり今すがすがと聞こゆ

球場を去るとき生徒ら帽をとり一礼なせり坊主刈りにて

骨折

明日の米かしぐ手力もどりきてわが骨折の癒ゆる日近き

一合の燗をなすべく夕されば夫いそいそと酒器を取り出ず

パンを焼くスープをつくる一つ一つマスター愉しげ八十の夫

愉しげに掃除ロボットと協働の夫に秋晴れの朝が始まる

焼き芋屋の呼び声流れる昼さがり下校の子等の声に混じりて

夢さめて胴のギブスに気付きたり叩けばコツコツ乾く音して

病みゐるも健やかな歌詠みたしと病みし歌人の歌に得心

つづまりは補償額の多寡を言ふ師走のニュースを寒々と聞く

わた雲を一直線に切りひらきファントム一機また一機飛ぶ

北窓を開きて磨く春ガラス汚れ拭へるといふは嬉しき

誰に会ふならねど午後を明るめる町に出て春の口紅選ぶ

子が買ひし新しき土地の地鎮祭一隅に咲くヒルガオ二輪

二〇一三年・二〇一四年・二〇一五年

カワラナデシコ

枇杷の花

人知れず咲く枇杷の花小春なれば大虫小虫遊ばすらしも

織機の音消ゆるこの町駄菓子屋にうどん屋次々廃業したり

瑠璃色の大壺選びざつくりと桜花を生け込む姿ととのへ

藍ふかき紬に落語を楽しみし春のひと夜はあざやかにたつ

今少し暮らしにゆとり見出さん着物たのしむ時を作らな

雷鳴りて雨風激しき中をゆくわが乗る電車速度ゆるめて

音もなく雪積む女正月に縁者の訃を聞く夜の電話に

敗戦の決算ぢりぢり煮詰まると歌人詠み給ふ吾もしか思ふ

苔庭にたばしる霰の白浄し昨日の憂ひ薄らぐ今は

彩つやの失せざる桜皮のこの茶筒日ごと手にしぬ朝茶の折りに

男ふたり高所より降りおもむろに作業車たたむ夕どきとなり

情報が社会を飛び交ふ刻の間も赤蟻は熱き大地歩むや

麦粉

薪くべる炉端に坐して木の椀に香ばしき麦粉ふるまはれをり

細細と流るる水音浄らにて水芭蕉咲くこのかくれ里

洪水に流されてこし百万貫の岩を仰ぎぬ手取上流

丹念に夫が摘みくれし一花一花さくらの花を塩漬けにせん

忍ぶ恋われは持たねど秋くれば人影恋ほしおわら風の盆

遺言と葬式次第を書き終へて「さあいつ死んでもいい」とわが夫

薬缶の湯ポットに移す手順さへあやふき夫をのこして死ねぬ

肉じやがの夕餉整へ夫を待つかくゆるやかに老いてゆくなり

選挙

風透る桜並木の真緑は投票所への道に続くも

2Bの鉛筆もちて力こめ意中の人へ一票記す

賑々しく速報つづき大勢は予想の範囲内らし深夜

速報に見入る真夜中望近き月は澄みたる高空にあり

人間の魅力も党のイメージに及ばざるまま選挙終わりぬ

母の部屋

加湿器の音のみ聞こゆる母の部屋ルクス落とせるあかり青白く

小倉には小倉の風情駅前の飲食街に鳥焼く匂ひ

雨となる宵の通ひ路木犀のかおり傘のうちを満たしくるるも

綿飴屋金魚掬ひの店並ぶ天神講に子等集ひくる

子らの描く雪洞吊され境内のありなしの風に揺れつつ灯る

はきはきともの言ひくれて判断力卓抜の母を頼りてきたり

老いてなほ直感力と批判力失はざりし母をし思ふ

折り鶴を折りつつ歌へばいつしらに母は眠れり春の夜更けぬ

若き日の母が唱ひくれし子守歌いま母に歌ふその枕辺に

母逝きてあたふたと過ぎし旬日よいちはつの白に季ゆくを知る

小菊束ねて

亡き父母が待つと思へば小春日の墓参せかるる小菊束ねて

何を念じつづめたる母か遺したる僅かの財にわれら潤ほふ

まづ減塩、運動、熟睡、難題を吾に並べるこの若き医師

蓬、笹、杉菜、十薬と薬効のあるとて息子のくれし山の茶

ハイエナが獲物を貪る草原の日常を見せぬ夜のテレビは

レプリカのホルスタインも借りだされ乳しぼり体験会の賑はひ

重なりて潜む生け贄のおおずわい思慮ふかくゐる人とも見ゆる

「賑やか」とふ言葉覚えて大ちやんの正月休み短く終はる

霜焼けが痒いと夫の足の指赤みうすれて春もう近し

メンコあやとりお手玉を教え遊ぶ今日春の校舎に昭和戻りく

竹藪

情念ののこり火さながら竹藪の処々を彩どり彼岸花咲く

「九条を守ろう」と染めし旗掲げわが田舎屋は平和の砦

がさごそと動く政治は他人事《よそごと》のやうに小春日人ら旅する

道のべの六地蔵に誰が添へしシオンの花はまだあたらしく

禍事の兆しのやうに真秀らより刻一刻と入り日膨らむ

この町をコンクリート攻めにする悪夢クレーン一本今日また増えて

丘の上の子供の城より臨む春ＰＭ２・５潜むこの町

北風が吹き抜ける自由の遊園地ふらここ揺らしまた通りゆく

木の間より届く光にヒメシャガの群落あかるむ彩つつましく

年ごとに力弱まれど君と掘るこの竹藪の筍にほふ

糸すすき

暮れ方の若草山の糸すすき光のすぢとなりてそよげる

いま剪りし菖蒲の茎よりぽたぽたと涙さながら滴るものよ

初なりの茄子の紫紺を告げるなど君へのメール他愛なけれど

無農薬に育てし胡瓜俎上より緑の匂ふ夏が来たりぬ

オランダの旅より届く息子のメール赤き風車の添付もありて

音もなく夜半を散りしか朝庭の樹下を彩どる沙羅の白花

女童ははかなきこととつゆ知らず指切りげんまん優しく交はす

果てしなき苦悩に揺れるウクライナ国を二つに分けたるままに

表具師は碑面にしめり与へつつひつたりと和紙をあてがひゆきぬ

白老のロース肉焼く生醤油の香に卓上の会話は弾む

征くのは誰ぞ

いざ出兵征くのは誰ぞ誰が征く、征きて帰れぬ戦に征くは

御嶽

御嶽に季移り今日雪降るとふ天恵なれど今年はかなし

眼下に魞《えり》漁の景くきやかに見えて近江は静かに暮れぬ

雨の日は雨の恵みを待つらんか傘さし釣り糸垂るる男ら

賛否ありし新病院も三台の重機据えられ建設進む

あすなろの茂る山中に睦み合ふ泉景描く夫婦群鹿

春一番に負けじとくぎ煮届きたり元気の証しと添え書きありて

鹿肉

鹿肉を牛蒡と炊けばよき香たちしんみり思ふ飲食の咎

新しき白マスクして混み合へる新幹線試乗にわれも加はる

米どころ魚沼と知り過ぎてゆく柊二生誕の町を尊ぶ

兜の緒きりりと結ぶ五月人形加藤清正の幼き面輪

必勝の幟弓矢に陣太鼓並べどいくさあつてはならぬ

七十年レイテ沖に眠りゐし御魂よ覚めて国糺し賜へ

「民意民意」力ある言葉の力失せ辺野古の海の波鎮まらず

三つ葉蕗筍山椒自生するこの父祖の地を足裏に刻む

鶚ならぬ蝙蝠に似たるオスプレイ飛べば日本の空もうあらず

母まさば「大きいトシになつたね」と目を細むらんわが生日に

「あかつき」が地球に還る日目標に生きると老いは嬉嬉として告ぐ

紫陽花ロード歩み去る人佳きことのあるらし日傘くるくる廻し

もう四年まだ四年とも人は言ふ帰れぬ人らに月日はありて

ほととぎす咲く頃合に先立ちて吾木香の臙脂《えんじ》色ふかまれり

去りがたく東京に生きる一人なり君は高層の一室に住む

鉄鍋の重くなりにしこの秋は椎の実煎らず銀杏もまた

小指など格別意識せざりしが傷めて思ふ小指の力

あとがき

　このたび『現代・北陸歌人選集』という企画のご案内をいただき、その企画の意義に賛同したことから、ここ十年の自作短歌を纏めてみようと思いました。

　ところが、いざ振り返ってみますと、あまりにも気ままに詠んだ歌が多くて、がっかりしました。短歌に対する日頃の曖昧な態度を反省しています。でも、日記代わりのメモにすぎない、エプロンがけのような「今日詠」をお読みくださってお礼申し上げます。短歌を詠む人の端くれですが、社会派と解っていただけたら嬉しく思います。

　監修委員の陶山弘一先生にお目通しいただきました。たいそうお世話になり誠にありがとうございます。

　三十年も前にまとめた、和綴じの私家版歌集に、夫が書いてくれた前書きが、現在の私にも通用すると思うので、再掲させてもらいます。

　　妻が短歌を作るようになってから、まだ六年しか経っておりません。歌集を作るなど、おこがましいのですが、習作を一区切り整理しておきたいという本人の願いを、家族が協力して、ささやかに実現することにしました。

家内を作歌に励ます道標が四つありました。少女期から百人一首に馴染んでいたこと、私の親友の奥さんが短歌に相当打ち込んだ人で、彼女に刺激を受けたこと、家の近くに格好の扇動者、いいえ、優れた批評家が住んでおられたこと、そして新聞歌壇の先生のお引き立てをうけて、その気になったことがあげられます。妻は昔の言葉で言えば進取の気性に富んだ性格の上に楽天的なところがあります。そのためか傍らから見ておりますと反射的に即興で詠んでいるので、出来のよいものは少ないようです。

短歌は紙と鉛筆があればできると言われます。歌で「食べる」ことも、「食べさせる」こともできないでしょうが、「老いての愉しみ」を持ってくれたのは結構なことで、折角身を入れたからには、もっと修練して深く人の心に沈潜するような歌を詠んで欲しいと思っています。

（一九八六記　敷田志郎）

敗戦後七十年の秋

敷田千枝子

日本の国が、世界の国ぐにが恙無い日日であるようにと念ずるばかりです。

敷田千枝子●しきだ ちえこ

一九三六年石川県金沢市生まれ、戦時中は大阪、呉、江田島に住む。戦後、金沢に戻り結婚により加賀市へ。

結社「運河」に所属。

著書『随想と主張 やまなみ』『続やまなみ』『癒やしの船旅』『口語歌人 西出朝風』『ヤナギ学者 木村有香伝』『歌によせて』『截金 人間国宝 西出大三ものがたり』

歌集『みなかみ』『みおつくし』『刈田の鷺』『旗の記憶』『北前の男』

受賞歴（歴年順）朝日新聞石川歌壇 年間最優秀賞、歌会始入選、ＮＨＫ学園全国短歌大会 ＮＨＫ会長賞、折口信夫記念会会長賞、ＮＨＫ短歌大会 大賞、文部科学大臣賞、全日本短歌大会 選者賞、福井県民文化祭 福井新聞社賞 他

現住所 〒922-0024 加賀市大聖寺永町107

現代・北陸歌人選集
敷田千枝子歌集「えぷろんの歌」

二〇一六年二月一二日発行

著　者　敷田千枝子
監　修　「現代・北陸歌人選集」監修委員会
市村善郎、上田善朗、尾沢清量
児玉普定、陶山弘一、田中　譲
橋本　忠、久泉迪雄、古谷尚子
米田憲三　(五十音順)
発行者　能登隆市
発行所　能登印刷出版部
〒九二〇－〇八五五　金沢市武蔵町七－一〇
TEL　〇七六－二二二－四五九五
編　集　能登印刷出版部・奥平三之
印刷所　能登印刷株式会社

ISBN978-4-89010-678-3

新・北陸現代歌人選集

□既刊

宮下外次郎歌集　『道の辺』　四六判・122頁　定価1800円（税別）
山崎国子歌集　『夕照《ゆうで》り』　四六判・156頁　定価1800円（税別）
中藤久子歌集　『百年のひかり』　四六判・158頁　定価1800円（税別）
横内ひとみ歌集　『薔薇の喪失』　四六判・134頁　定価1800円（税別）
松浦哲歌集　『天鼓《てんく》』　四六判・124頁　定価1800円（税別）
坂本朝子歌集　『影の木』　四六判・144頁　定価1800円（税別）
久泉迪雄歌集　『季をわたる』　四六判・144頁　定価1800円（税別）

新・北陸現代俳人選集

□既刊

坂田直彦句集　『涼風』　四六判・156頁　定価1800円（税別）
坂田紀枝句集　『萩の露』　四六判・156頁　定価1800円（税別）
町田忠治句集　『冷し瓜』　四六判・136頁　定価1800円（税別）
四柳嘉照句集　『一輪草』　四六判・132頁　定価1800円（税別）
中瀬英夫句集　『青葉木菟』　四六判・144頁　定価1800円（税別）

□近刊予定

中田敏樹句集
宮前速男句集